JOSEFINA
ENTRA EN
ACCIÓN
UN CUENTO DE VERANO
VALERIE TRIPP
VERSIÓN EN ESPAÑOL DE JOSÉ MORENO
ILUSTRACIONES JEAN-PAUL TIBBLES
VIÑETAS SUSAN MCALILEY

PLEASANT COMPANY

Printed in the United States of America.
98 99 00 01 02 03 WCT 10 9 8 7 6 5 4 3 2 1

PERMISSIONS & PICTURE CREDITS
The following individuals and organizations have generously given permission to reprint
illustrations contained in "Looking Back": pp. 64-65—Jack Parsons Photography, Santa Fe, NM
(landscapes); photo by Philip E. Harroun, courtesy of the Museum of New Mexico, Santa Fe,
neg. #11326 (procession); pp. 66-67—*Tiaguis* by Casimiro Castro, courtesy of the Colección Banco
de México, Mexico City. Photographed by Arturo Chapa (plaza); sketch by Theodore R. Davis,
courtesy of the Museum of New Mexico, Santa Fe, neg. #31339 (Santa Fe street); History
Collections, Los Angeles County Museum of Natural History (shoes); Franz Meyer Museum,
Mexico City (jar); School of American Research Collections, Museum of New Mexico, Santa Fe,
photographed by Douglas Kahn (Pueblo pot); courtesy of The Toledo Museum of Art,
Toledo, OH. Gift of Edward Drummond Libbey, #1917.373 (flask); image reproduced from
Eyewitness: Costume, with permission from DK Publishing, Inc., New York, NY (bonnet);
sketch by Frederick Remington (trapper); pp. 68-70—courtesy of the Richard F. Brush
Art Gallery, St. Lawrence University, Canton, NY (wagon train); courtesy of the
Museum of New Mexico, Santa Fe, neg. #144638 (fandango).

Designed by Mark Macauley, Myland McRevey, Laura Moberly, and Jane S.Varda
Art Directed by Jane S.Varda
Translated by José Moreno
Spanish Edition Directed by The Hampton-Brown Company

Library of Congress Cataloging-in-Publication Data
Tripp, Valerie, 1951—
[Josefina saves the day. Spanish]
Josefina entra en acción : un cuento de verano / Valerie Tripp ; versión en español de
José Moreno ; ilustraciones de Jean-Paul Tibbles ; viñetas de Susan McAliley.
p. cm. — (The American girls collection)
"Libro cinco"—Ser. t.p.
Summary: In 1825 when Josefina trusts a trader in Santa Fe with an important deal, she makes
a surprising discovery about this young American who leaves town without paying her.

ISBN 1-56247-594-0 (pbk)
[1. Trust (Psychology)—Fiction. 2. Mexican Americans—Fiction.
3. New Mexico—History—To 1848—Fiction. 4. Spanish language materials.]
I. Moreno, José. II. Tibbles, Jean-Paul, ill. III. McAliley, Susan. IV. Series.
PZ73.T74915 1998 [Fic]—dc21 98-21832 CIP AC

PARA KATHY BORKOWSKI,
VAL HODGSON, PEG ROSS,
JANE VARDA Y JUDY WOODBURN,
CON MI AGRADECIMIENTO

Al leer este libro, es posible que encuentres ciertas palabras que no te resulten conocidas. Algunas son expresiones locales, que la población de habla española usaba, y usa aún hoy, en Nuevo México. Otras son usos antiguos que alguien como Josefina y su familia habría utilizado en el año 1824. Pero piensa que, si dentro de dos siglos alguien escribiera una historia sobre tu vida, es probable que nuestra lengua le resultara extraña a un lector del futuro.

Contenido

La familia de Josefina y sus amigos

EL PADRE
*El señor Montoya,
que guía a su familia y
dirige el rancho con
callada fortaleza.*

ANA
*La hermana mayor de
Josefina, que está casada
y tiene dos hijitos.*

JOSEFINA
*Una niña de diez
años con un corazón
y unos sueños tan
grandes como el cielo
de Nuevo México.*

FRANCISCA
*La segunda hermana.
Tiene dieciséis años y es
obstinada e impaciente.*

CLARA
*La tercera hermana.
Tiene trece años y es
práctica y sensata.*

EL ABUELO
*El padre de la madre
de Josefina, un
comerciante que vive
en Santa Fe.*

LA ABUELA
*La madre de la mamá de
Josefina, una señora amable
y digna que concede gran
importancia a la tradición.*

LA TÍA DOLORES
*La hermana de la madre,
que vive con la familia de
Josefina en su rancho.*

PATRICK O'TOOLE
*Un explorador de una
caravana de carretas que viaja
por el Camino de Santa Fe.*

LA FLAUTA Y EL VIOLÍN

Sentada al viento en lo alto de una loma, Josefina Montoya tocaba su flauta. La flauta tenía forma de pájaro y sus sonidos eran como trinos de ave que se enroscaban por el aire llevando una melodía clara y limpia hasta las alturas del cielo intensamente azul.

Era el mes de julio, y la familia de Josefina estaba de visita en el rancho del abuelo, como a una milla del centro de Santa Fe. Josefina adoraba aquella loma situada detrás de la casa del abuelo. Desde allí divisaba las azoteas de la villa y los callejones que serpenteaban entre los edificios. Desde allí veía la fina cinta plateada del río Santa Fe

Santa Fe

y el largo sendero que conducía hasta el rancho de su padre a quince millas de distancia.

Josefina, su padre, dos de sus hermanas y su tía Dolores habían viajado por ese camino pocos días antes para acudir al rancho del abuelo. El recorrido había sido sofocante y polvoriento, pero Josefina estaba demasiado entusiasmada para lamentarlo. Su familia lo había estado preparando y esperando con ansiedad desde hacía casi un año.

El viaje era importante, pues debían estar en Santa Fe cuando llegara la caravana de Estados Unidos. El señor Montoya iba con mulas y frazadas para comerciar con los americanos. Josefina, que estaba muy satisfecha y orgullosa de haber tejido algunas frazadas ella misma, sabía cuánto se jugaba en aquella venta: si los americanos pagaban un buen precio, su padre podría reemplazar las ovejas que habían muerto en la terrible crecida del otoño anterior; si no se recuperaban esos rebaños, todos en el rancho sufrirían un invierno de escasez y hambre. Necesitaban carne para alimentarse y lana para tejer. Josefina había rogado muchas veces a Dios para que el comercio con los americanos resultara bien.

Josefina y sus hermanas aguardaban impacientes las finas mercancías que vendrían de Estados Unidos: los juguetes, los zapatos y las telas que habían recorrido cientos de millas por el Camino de Santa Fe. Como la caravana podía llegar en cualquier momento, Josefina se mantenía alerta. Nada más terminar sus quehaceres esa mañana había subido a la loma para buscar en el horizonte del sudeste la nube de polvo que levantarían las carromatos. El horizonte, sin embargo, se veía como siempre.

Pero Josefina *oyó* de pronto algo nuevo. Parecía como si un pájaro de verdad cantara acompañando a su flauta. La niña dejó de tocar, ladeó la cabeza para prestar más atención y sonrió: no era el canto de un pájaro sino el silbido de una persona.

—¡Hola! —gritó. Josefina se volvió esperando encontrar a una de sus hermanas que, como ella, subía a vigilar la llegada de la caravana, pero estaba equivocada: quien silbaba era un joven desconocido. La niña se levantó tan precipitadamente que casi dejó caer su flauta. El joven era un forastero, y no un forastero cualquiera. Josefina cruzó las manos, agachó la cabeza y bajó la vista, pues ésa era la forma correcta de comportarse frente a un adulto, pero le bastó ver las puntas de sus botas para darse cuenta de que éstas procedían de Estados Unidos. Lo sabía porque su abuelo tenía unas iguales compradas el verano anterior a los americanos.

—Buenos días —dijo el joven, en español pero con un acento que Josefina jamás había oído.

Un repentino pensamiento asaltó a Josefina: aquel joven debía de ser un americano que se había adelantado a la caravana. Aunque era muy tímida con los extraños, la curiosidad resultaba ahora más poderosa que la timidez. Si estaba en lo cierto, aquélla era la primera ocasión en que se veía frente a un americano. Josefina alzó la vista mirando con disimulo. El muchacho le pareció muy apuesto: tenía ojos azules, la nariz quemada por el sol y una amable sonrisa.

—Disculpe si la he asustado —prosiguió el forastero—, creía que era usted un pájaro.

También pensaba yo que usted lo era, estuvo a punto de decirle Josefina; y de buena gana le hubiera preguntado *¿Quién es usted, señor?*, pero naturalmente no se atrevió, porque hubiera sido

4

impropio hacerle preguntas a una persona mayor. De hecho, ni siquiera estaba segura de que fuera correcto platicar con aquel extraño. Tal vez debía hacer como un pájaro y salir volando de allí, aunque eso tampoco parecía muy cortés.

Mientras Josefina consideraba cómo debía actuar en aquellas circunstancias, el forastero hizo algo asombroso: sacó un violín de un estuche que llevaba amarrado a la espalda y empezó a tocar la melodía que ella había tocado poco antes con su flauta. Josefina sonrió. Las notas que salían del violín se trenzaban bailando por el aire. Concluida la canción, el joven se quitó el sombrero: —Soy Patrick O'Toole, de Missouri. ¿Cuál es su nombre? —dijo, haciendo una reverencia.

—Josefina Montoya, por la gracia de Dios.

—Montoya... —repitió Patrick lentamente—. Mucho gusto, señorita. Estoy buscando la casa de don Felipe Romero. ¿Lo conoce?

—Es mi abuelo; vive allá no más —respondió Josefina educadamente señalando el rancho que se alzaba en la falda de la loma.

—¿Sería tan gentil, señorita, de conducirme a la casa de su señor abuelo? —preguntó el muchacho

Soy Patrick O'Toole, de Missouri. ¿Cuál es su nombre?

mientras guardaba el violín.

—Cómo no; sígame por favor —Josefina se pasó por el cuello el cordón de su flauta y llevó al forastero ladera abajo sin poder evitar una oculta sonrisa al pensar en la sorpresa que causaría a su familia.

La casa estaba construida en torno a un patio central al que se abrían la cocina, los dormitorios, el cuarto de tejer y la sala. Josefina cruzó el patio con Patrick y se detuvo frente a la sala donde la familia se estaba reuniendo para el almuerzo. Don Felipe salió a la puerta y miró fijamente a su nieta.

—Abuelito, permítame presentarle a don Patrick O'Toole, de Missouri —dijo respetuosamente Josefina, pronunciando las palabras inglesas con sumo cuidado.

Aunque el señor Romero estaba acostumbrado a las visitas inesperadas, ésa era la primera vez que una de sus nietas aparecía de pronto con un extraño. Y, para colmo, el extraño era un norteamericano. Pero don Felipe se había distinguido siempre por su hospitalidad:

—Bienvenido, joven —le dijo a Patrick—, está usted en su casa.

—Gracias, señor —dijo Patrick. Josefina se dio unos golpecitos en la cabeza indicándole que se agachara para pasar bajo el dintel de la puerta, y los dos penetraron en la sala.

—Sé que esperaba a mi padre, quien comerció con usted el verano pasado, mas...

—¡Acabáramos! —exclamó don Felipe al darse cuenta de quién era aquel joven—. Eres el hijo de mi amigo O'Toole. Tu padre es un hombre cabal; anda bien de salud, espero.

—Sí, sí, no hay cuidado —dijo Patrick—; sólo que él está más al sur y me ha confiado sus negocios acá en...

—Tiempo al tiempo, jovencito —interrumpió don Felipe—, que ocasión no ha de faltarnos para platicar de negocios más tarde.

Josefina advirtió el desconcierto de Patrick. Hablar inmediatamente de negocios, y especialmente con un desconocido, hubiera sido una grosería para su abuelo. En Nuevo México era costumbre sostener una conversación amistosa *antes* de negociar cualquier trato.

8

—El caso es que... —dijo Patrick, tratando de continuar. Josefina le jaló la manga sin que nadie la viera; el joven la miró de reojo y ella frunció el ceño indicándole disimuladamente que no prosiguiera. Patrick estaba perplejo, pero enseguida pareció entender: —Cierto es —dijo, dirigiéndose a don Felipe—; de negocios se puede platicar más tarde.

—Bien, bien, permíteme que te presente a mi familia: mi esposa, mi hija Dolores y el señor Montoya, el padre de Josefina —dijo el abuelo—. Estamos muy complacidos de que Dolores haya venido a visitarnos. Durante casi un año ha permanecido en el rancho de mi yerno ayudándolo en el cuidado de sus cuatro hijas, que habían quedado huérfanas de madre. Ya conoces a Josefina, la pequeña. Ana, la mayor, no ha venido pues debe ayudar a su esposo, que estos días está a cargo del rancho. Y éstas son las otras dos: Francisca y Clara.

Las dos muchachas estaban de pie con la cabeza inclinada, pero Josefina pudo observar cómo Francisca examinaba al forastero por debajo de sus largas y negras pestañas.

—Háganos la merced de sentarse a beber y probar un bocado con nosotros —dijo cordialmente la abuela.

—Gracias —contestó Patrick.

Josefina se sentó entre Francisca y Clara. Las dos le daban leves codazos y, arqueando las cejas, la interrogaban en el lenguaje secreto de las hermanas: *¿Nos contarás cómo has dado con este americano?* Josefina les devolvía una sonrisa misteriosa, feliz de haber despertado la curiosidad de sus hermanas.

Los negocios fueron aplazados durante la conversación del almuerzo. El señor Romero le habló a Patrick sobre el espléndido verano que estaban disfrutando y le preguntó por el tiempo en Missouri. La abuela se mantuvo callada, aunque en ningún momento apartó la vista del joven americano. El señor Montoya también guardó silencio, pero Josefina sabía que escuchaba atentamente las palabras del forastero; *Ojalá que a papá y a todos les guste el señor Patrick,* pensaba. La niña se alegró de que su tía Dolores se dirigiera al joven invitado:

—Su español es muy bueno, ¿cómo lo ha aprendido? —le preguntó.

—Mi padre me enseñó —respondió Patrick—. La verdad es que ni lo leo ni lo escribo, y no siempre encuentro la palabra justa.

—Hablas muy bien —dijo don Felipe
amablemente.

Josefina pensaba que hablaba *maravillosamente*
bien. De hecho, sólo se había trabado una vez,
cuando Francisca le sirvió té y Patrick la contempló
incapaz de recordar cómo se decía *gracia*s o
cualquier otra cosa. Pero *eso* mismo les había
ocurrido a otros hombres deslumbrados por la
belleza de Francisca, aunque hablaran español
perfectamente.

Cuando finalizó la comida, y los sirvientes
recogieron la mesa, el señor Romero se volvió a

Patrick: —Dime pues, ¿arribará presto la caravana?

—Mañana temprano —contestó el joven.

—Albricias demos; ¿mas cómo es que has venido por delante? —preguntó don Felipe.

—Soy uno de los exploradores —explicó Patrick—. Nos adelantamos a la expedición buscando los sitios más seguros para vadear ríos, los mejores pasos de montaña y los lugares adecuados para acampar por el camino.

—A no dudar que has vivido muchas aventuras.

—No tantas como usted —dijo Patrick—. Mi padre me ha referido que usted ha comerciado por el Camino Real durante muchos años y que sus aventuras no las igualan ni veinte hombres.

Don Felipe estaba encantado: —Algún día te relataré mis andanzas por el Camino Real.

—Me gustaría —dijo Patrick—. Voy a permanecer en Santa Fe sólo unos pocos días. Debo estar listo para partir en cualquier momento, pues habré de ponerme en marcha por el Camino Real tan pronto lo ordene el capitán de la caravana. Muchos de los americanos continúan hacia el sur, y los exploradores hemos de adelantarnos para reconocer la ruta, de modo que cualquier información sería de gran provecho.

—Será un placer —dijo don Felipe.

—Se lo agradezco —dijo Patrick—, pero tal vez pueda prestarme otra ayuda. Los comerciantes van a precisar mulas nuevas para el viaje por el Camino Real y me han pedido que se las busque. ¿Sabe de alguien que tenga mulas para vender o cambiar?

Don Felipe miró fugazmente a su yerno sin contestar.

Josefina sabía que su padre y su abuelo actuaban con cautela. Antes de llegar a un trato querían asegurarse de que el forastero era honrado y digno de confianza. El señor Montoya había estado observándolo como si tratara de determinar qué clase de persona era.

—Yo tengo mulas para vender —dijo al fin pausadamente.

—¡Ah! —exclamó Patrick—. ¿Y podría verlas?

El señor Montoya asintió con la cabeza:

—Ciertamente, acompáñeme —dijo levantándose y señalando la puerta.

Don Felipe también salió y Patrick se puso en

pie para seguirlos, pero antes agradeció su
hospitalidad a la abuela y le dijo sonriendo a
Josefina: —Me alegro de haber oído esos trinos en lo
alto de la loma y espero volver a oírlos bien pronto.

La niña le devolvió la sonrisa.

Cuando los hombres se fueron, las tres
hermanas ayudaron a la abuela y a Dolores a
arreglar el cuarto.

—Bueno —le dijo Francisca a Josefina—, ¿dónde
encontraste al americano?

—Más bien fue él quien me encontró a mí
—respondió la niña—. Yo estaba en la loma para ver
si venía la caravana y allí me sorprendió.

—*Tú* sí que me has sorprendido, Josefina —dijo
la tía Dolores con las manos en las caderas y una
sonrisa en la boca—. Creía que eras tímida con los
extraños, pero por lo visto ya no es ansina.

—Muy presto has hecho amistad con el
americano —dijo Clara.

—Demasiado presto —dijo la abuela frunciendo
el entrecejo—. No lo conocemos de nada. ¿Cómo
sabemos si en verdad es el hijo del señor O'Toole?
¿Cómo sabemos que es persona honrada? Con
certeza sólo sabemos que es muy joven. Dios quiera

que su padre sea cauto —agregó, suspirando—; ¡no es prudente fiarse de extraños en negocios de tanto peso!

—Nada se ha resuelto todavía —dijo Dolores con calma.

Pero la abuela insistió: —Si el jovencito no fuese de fiar, cometeríamos grave yerro haciendo tratos con él.

Josefina se sintió descorazonada. ¡Con lo orgullosa que había estado de haber hecho que Patrick y su familia se encontraran! ¿Merecía el joven la confianza de su padre? ¿Merecía su propio afecto?

Dolores se acercó a su sobrina: —¿Cómo es que se amistaron tan rápidamente? —le preguntó.

—Yo había estado tocando la flauta que usted me dio, tía —dijo, mostrando su pequeña flauta— y el tocó la misma canción con su violín —Josefina sonrió al recordarlo—. ¡Sonaba tan amigable!

Dolores rió: —La música puede ser *muy* amigable, y hasta puede decir las cosas mejor que las palabras. ¿No te parece, Josefina?

—¡Sí! —contestó la niña, animada por la

comprensión de su tía. Después se apresuró a terminar el arreglo del cuarto. Quería salir a tocar la canción de Patrick con *su* flauta en forma de pájaro.

DESEOS DEL CORAZÓN

Palacio de los Gobernadores

Recordaré este día toda mi vida, pensó Josefina apretando con fuerza la mano de su tía. Dolores dirigió una sonrisa a la radiante cara que la miraba: —De un momento a otro... —dijo.

Estaban mezcladas entre la multitud reunida frente al Palacio de los Gobernadores de Santa Fe. Todos aguardaban ansiosos la llegada de la caravana a la villa. *De un momento a otro,* pensó la niña sintiendo un delicioso escalofrío, *de un momento a otro.*

Poco después del amanecer, con el aire aún fresco, Josefina, su familia y un criado de la abuela habían caminado hasta Santa Fe. La abuela no los acompañaba porque odiaba las muchedumbres, pero los demás ardían en deseos de unirse al gentío agolpado para esperar la caravana. A lo largo del camino vieron las carpas que habían ido brotando durante la noche. Los indios acudían a vender cerámica, frazadas o caballos. Los tramperos bajaban de la sierra con sus pieles. Los soldados salían del presidio que coronaba el cerro. Todos se congregaban en la plaza; hasta los bajos y alargados edificios de adobe que la rodeaban por sus cuatro costados parecían encorvarse expectantes ante la llegada de la caravana.

Josefina no había visto nunca a tanta gente. Un confuso revuelo de palabras en distintos idiomas se arremolinaba en torno a ella hasta que una voz se impuso de pronto sobre las demás: —¡Las carretas! ¡Los americanos! ¡Ahí está la caravana!

Un estruendo ensordecedor se elevó entonces de la multitud. Las campanas repicaron y Josefina, con el corazón palpitante, gritó junto con los demás: —¡La caravana!

Alrededor de Josefina mucha gente aplaudía, agitaba los brazos o vitoreaba a los americanos que iban apareciendo. Algunos, sin embargo, estaban menos entusiasmados. En silencio y con los brazos cruzados sobre el pecho, observaban inquisitivamente los carromatos, como si no estuvieran convencidos de que la llegada de aquellos forasteros fuera un buen augurio. Josefina se ponía de puntillas para ver mejor los carromatos, pero no soltaba la mano de Dolores y se alegraba de estar bien protegida entre su tía y su padre. Los pesados carros avanzaban retumbando como una tempestad de truenos, y la tierra temblaba bajo los pies de Josefina.

Los americanos chillaban, aullaban, silbaban, lanzaban sus sombreros al aire y hacían restallar sus látigos como disparos. Los carromatos iban entrando uno a uno en la plaza. Josefina contó más de veinte. Algunos iban tirados por perezosos bueyes que tenían cara de sueño a pesar del alboroto, pero de la mayoría tiraban mulas que erguían las orejas y parecían complacidas por la atención que las envolvía.

—¿Ha visto, tía, qué grandes son los carros?

—preguntó Josefina.

Eran *tan* enormes que sus ruedas eran más altas que la niña. Sobre varios ondeaba una bandera distinta de la mexicana que Josefina conocía. Era roja, blanca y azul, y sus barras y estrellas lucían limpias y airosas bajo el sol. Josefina pensó que los americanos también parecían muy aseados, como si aquella mañana se hubieran puesto sus mejores ropas de domingo después de restregarse la cara, alisarse el cabello y cepillarse las botas para quitarles el polvo acumulado en cientos de millas. Unos parecían rudos, otros comedidos y corteses, pero a ojos de Josefina *todos* estaban felices de haber alcanzado el final de tan largo camino.

El señor Montoya se inclinó hacia Dolores para que ésta pudiera oírlo entre el vocerío: —Me voy con tu padre a la aduana a ver a Patrick —dijo—. Los americanos han de pasar por allí para declarar sus mercancías y pagar los tributos. El criado se quedará con ustedes.

—De acuerdo —dijo Dolores asintiendo con la cabeza.

Pero en lugar de marcharse, el señor Montoya

miró a Dolores con ojos chispeantes: —¿Se lo has dicho a las niñas? —le preguntó.

—Aún no —contestó ella.

—¿Decirnos qué? —preguntó Francisca de inmediato.

El señor Montoya rió: —Díselo ya, Dolores; a fin de cuentas la idea fue tuya y de no ser por ti ahora no tendríamos mucho que mercar —su voz rebosaba de gratitud y afecto; Dolores sonrió y el señor Montoya se fue a la aduana con don Felipe.

—Por favor, tía, díganos de qué hablaba papá —suplicaron las hermanas.

—Su padre y yo pensamos que merecen un presente por todo el esfuerzo que han hecho en los telares —los ojos de Dolores relucían—, y hemos determinado que cada una escoja una de las frazadas que han tejido para venderla o cambiarla por lo que se les antoje.

—¡Ay, qué *maravilla*! —exclamaron Francisca y Clara.

Josefina abrazó a su tía sin decir palabra. Dolores había tenido la idea de tejer frazadas para cambiarlas por ovejas, pero a ninguna de las cuatro hermanas se le había ocurrido que de aquel trabajo

obtendría algo para sí misma. *Sólo tía Dolores podía pensar en un gesto ansina de generoso,* pensó Josefina.

—Bueno —dijo Francisca con un destello en la mirada—, más vale que echemos una ojeada por ahí para ver qué mercamos por nuestras frazadas.

¡Y sin duda había mucho que ver! Dolores y sus sobrinas caminaron lentamente por la plaza observando a los americanos que descargaban sus carromatos. Algunos habían alquilado tiendas y otros colocaban sus productos en puestos de madera o directamente en el suelo. Nunca en su vida había imaginado Josefina que pudiera hallar tal variedad de objetos: había vistosas piezas de algodón, lana y seda; había velos, chales, fajas y cintas; había zapatos y sombreros, botas y medias, peines, brochas, cepillos y hasta mondadientes de plata.

Clara examinó ollas y cazuelas durante largo rato hasta que Francisca la arrastró a ver los botones y joyas que centelleaban más adelante, aunque Clara consiguió detenerse a medio camino para inspeccionar unas agujas de tejer. Dolores se interesó por unos libros, y todas se encandilaron ante los espejos que reflejaban sus caras de asombro. Muchas personas se apiñaban frente a los relojes y más aún en torno a las herramientas. Algunas pagaban las mercancías con monedas de plata, pero la mayoría se dedicaba al trueque. Josefina vio a un indio pueblo cambiar un hermoso cántaro que él mismo había hecho por una botella de cristal de un americano. Un trampero canjeó una piel de oso por un puñal de caza.

Cuando la desconcertada Josefina empezaba a sentirse incapaz de elegir entre tantas cosas, Dolores y sus tres sobrinas se pararon frente a un comerciante que ofrecía juguetes junto a otros artículos. Uno en particular llamó la atención de Josefina: era un ranchito tallado en madera.

—¡Miren! —exclamó arrodillándose; había una vaca diminuta, un caballo que tiraba de un carro, una cabra y un simpático cerdito rosado al lado de un establo blanco. Dos árboles verdes daban sombra a una casita pintada con una valla blanca detrás.

—Casi se oye el mugido de la vaca, ¿verdad? —bromeó alguien—. Me recuerda las granjas de allá en Missouri.

Era Patrick que, cerrado el trato, volvía con don Felipe y el señor Montoya en busca de Dolores y las niñas.

La desconcertada Josefina empezaba a sentirse incapaz de elegir entre tantas cosas.

Josefina se imaginó sentada a la sombra de los dos árboles o subida a la valla blanca: —Ojalá pudiera hacerme chiquita por arte de magia —le dijo a Patrick—. Me encantaría entrar ahí. Nunca he visto una casa tan tiesa y tan derecha, con un tejado asín de pendiente y con tantos ventanales.

—Sí, es muy diferente de sus casas —dijo Patrick—. Aquí en Nuevo México son más bajas y parecen salir de la tierra porque están hechas de barro y no tienen esquinas puntiagudas. Donde yo vivo, los edificios sobresalen como queriendo destacarse para que todos se fijen en ellos. Al igual que la gente, sospecho.

—La granja es muy linda, me gusta... —dijo Josefina.

Clara se asomó por detrás de Josefina: —¡Si no es más que un juguete! —exclamó—. No deberías desperdiciar tu frazada en *eso*.

Josefina suspiró. Las palabras de Clara eran tan sensatas como siempre, pero a pesar de todo deseaba el juguete. ¡Sería tan divertido jugar con aquel cerdito rosado! Y el hecho de que a Patrick le recordara su

tierra hacía que el ranchito le gustara aún más.

El señor Montoya deslizó un dedo bajo una trenza de Josefina y se la recogió por detrás de la oreja. Luego se agachó: —Retornaremos —le susurró cariñosamente para que nadie lo oyera—, y de nuevo podrás ver tu ranchito —Josefina contemplaba los benévolos ojos castaños de su padre—. Si eso quieres, eso has de tener —continuó—. No escuches consejo que te arrebate los deseos del corazón.

El señor Montoya tomó la mano de su hija, se enderezó y se dirigió en voz alta a Dolores: —Traigo buenas nuevas: Patrick ha dado con unos tratantes que quieren mercar todas nuestras mulas.

—¡Qué me dices! —exclamó Dolores con ojos interrogantes.

—Sí —contestó el señor Montoya—. He resuelto que Patrick venda las mulas por nosotros; conoce a los tratantes y puede hablarles en inglés. Me ha asegurado que obtendrá un buen precio.

—Mis amigos apreciarán esas mulas —se apresuró a decir Patrick—. Son más robustas y hacen mejor servicio que los bueyes. Los bueyes son difíciles de complacer con la comida, tienen pezuñas

delicadas y además se queman al sol... como yo
—bromeó Patrick señalando su enrojecida nariz
entre la risa de todos—. Además puedo conseguir
que les paguen en plata —añadió.

¡Plata! Eso sí que era afortunado.
Normalmente, el señor Montoya habría
cambiado las mulas por productos
americanos y luego éstos por ovejas, pero con
plata resultaría mucho más fácil adquirir los
animales que necesitaban. Josefina sabía que su
padre estaba complacido.

—¿Puedo pasar más tarde a llevarme las mulas?
—preguntó Patrick al señor Montoya—. Hoy traería
parte de la plata y el resto al término de la semana,
cuando haya vendido todas las mulas.

—Bien está, sé que puedo confiar en su palabra
—dijo el señor Montoya estrechando la mano de
Patrick para sellar el acuerdo. Josefina vio que lo
hacía con firmeza. *Cómo me contenta que papá se fíe de
Patrick, pensó.*

Su abuelo también parecía satisfecho: —Cuando
vengas por las mulas has de quedarte a cenar. ¡Esto
merece un festejo!

—Y no olvide traer su violín —dijo Dolores—.

Sin música no hay fiesta que se precie.

—Me acordaré —dijo Patrick; el joven se despidió luego de todo el mundo y se marchó silbando alegremente la canción de Josefina.

CAPÍTULO
TRES
—

ENCANTO CELESTE

Patrick acudió aquella tarde al rancho
de don Felipe para recoger las mulas y
conducirlas a Santa Fe después de la
cena. Josefina lo esperaba en lo alto de su loma para
acompañarlo hasta la casa.

Antes de iniciar la bajada, Patrick echó la cabeza
atrás y exclamó: —¡Jamás había visto un cielo tan
azul!

—Mamá solía contar que el cielo es asín de azul
porque es el fondo del paraíso —dijo Josefina.

Patrick sonrió; luego se sacó de un bolsillo un
pequeño catalejo de latón y lo dirigió hacia un
punto del sudeste mientras Josefina lo observaba
intrigada:

—Mira por ahí —dijo, alargando el instrumento a la niña.

Josefina enfocó el catalejo: —Se ve la capilla de San Miguel —dijo al reconocer la ermita. Se distinguía con tanta claridad a pesar de la distancia que parecía pintada con todos sus detalles dentro de un minúsculo marco redondo.

—Pues ayer subí al campanario de San Miguel —dijo Patrick—, y mientras allí estaba, un cachito de cielo se desprendió y me cayó en la mano. Mira.

Un cosquilleo de risa invadió a Josefina cuando vio que Patrick sostenía una pequeña turquesa. Era *tan* espléndidamente azul como el cielo.

El joven lanzó la piedra al aire, la agarró con la misma mano y se la metió en el bolsillo: —Ahora tendré un trocito del cielo de Nuevo México cuando vuelva a casa —dijo, dándose unas palmaditas en el bolsillo como si poseyera un tesoro. Después arrugó la frente fingiendo asombro—. ¿Y esto qué es? —Patrick sacó una hoja de papel del mismo bolsillo, la desplegó y se la entregó a Josefina con una sonrisa—. Se me hace que es para usted, señorita Montoya.

—Gracias —dijo Josefina.

En la hoja había un pentagrama con la música y la letra de una canción. Josefina no podía entender aquellas palabras escritas en inglés ni leer aquellas notas ordenadas como metódicos pajaritos negros sobre negras y rectas ramas, pero había visto los papeles de música que tenía la tía Dolores: —Tal vez mi tía me enseñe a tocar esta pieza en el piano —le dijo a Patrick—. Ella sabe leer música, y creo que papá también, si no se ha olvidado —Josefina tuvo un momento de duda antes de proseguir—. Papá tocaba el violín.

—¿De verdad? —preguntó Patrick.

—Sí —murmuró Josefina contemplando el pentagrama —, solía tocarlo cuando mamá vivía, pero lo dejó cuando... cuando ella murió. Creo que estaba demasiado triste para seguir tocando, todos estuvimos demasiado tristes para la música durante largo tiempo —Josefina miró a Patrick—. Pero las cosas han ido mejorando desde que llegó tía Dolores; estamos más contentos, sobre todo papá. Y tía Dolores adora la música; hasta trujo su piano cuando vino de Ciudad de México con la caravana del abuelo. ¡Ha de oír al abuelo referir *esa* historia!

—Prometió contarme alguna de sus aventuras.

¿Te parece que me contará la historia del piano si se lo pido esta tarde? —dijo Patrick, caminando loma abajo.

—¡Seguro! —respondió la niña. Josefina sabía que nada en el mundo complacía más a su abuelo que relatar una historia.

Durante la cena, don Felipe contó con gran placer la historia del piano y muchos otros relatos sobre el Camino Real. Patrick narró después historias ocurridas en el Camino de Santa Fe. Habló sobre inmensas manadas de cíbolos o bisontes que oscurecían la vasta pradera y de ríos tan anchos que la vista no alcanzaba la otra orilla.

Concluida la cena, el joven sacó su violín y tocó unas canciones tan animadas que todos empezaron a dar palmadas y a zapatear. El sol se puso y en la chimenea se encendió fuego, pero la luna derramaba tanta luz plateada que no fue necesario prender las velas. La alegre música de Patrick rebosaba de variaciones festivas e ingeniosos giros. Don Felipe marcaba el compás palmoteándose las piernas, y los aretes de la abuela bailaban fulgurantes con el rítmico vaivén de su cabeza.

Patrick tocó sin descanso hasta que, en medio de una pieza, con un movimiento tan imperceptible que nadie advirtió a tiempo lo que hacía, le pasó el violín al padre de Josefina diciendo: —Ahora le toca a usted, señor Montoya.

Se hizo un profundo silencio.

¿Qué está haciendo?, se preguntó alarmada Josefina. *¡Le dije que papá ya no tocaba!*

Pero el señor Montoya no se negó. Lentamente, como si estuviera a la vez anheloso y reacio, se ajustó el violín bajo la barbilla, agarró el mástil con una mano y rasgó dulcemente las cuerdas con el arco. Un escalofrío sacudió a Josefina.

—¿Qué puedo tocar? —preguntó el señor Montoya.

Nadie contestó.

Josefina saltó de pronto y colocó frente a su padre el papel que le había dado Patrick: —Toque esto, papá —le dijo.

El señor Montoya empezó a tocar. Las notas sonaron primero débilmente, pero poco a poco fueron cobrando energía y seguridad. Patrick comenzó entonces a entonar la letra con voz grave y ronca. Si bien no podía entender aquellas palabras en inglés, Josefina percibía el melancólico lamento de la canción. Más tarde, Patrick le tradujo la letra así:

> *Aunque hayas vagado entre palacios y deleites*
> *nada hay como el hogar por humilde que sea.*
> *Allí nos embarga un encanto celeste*
> *que jamás hallarás en otro lugar de la tierra.*

Patrick dejó de cantar, pero el señor Montoya siguió tocando hasta fundir la melodía con una vieja canción española. Josefina escuchaba inmóvil, con los ojos clavados en la cara de su padre. Sabía que esa canción narraba una historia llena de nostalgia y esperanza. Deseaba que la música no terminara jamás.

Dolores debía de sentir lo mismo. Cuando se desvaneció la última nota, dejó escapar un suspiro que parecía venir del fondo de su corazón:

—¡Ay, qué bonito! —le dijo al señor Montoya.

Éste le devolvió el violín a Patrick y sonrió a Dolores.

En ese preciso instante, Josefina supo lo que

*Sabía que esa canción narraba una historia llena
de nostalgia y esperanza.*

quería a cambio de su frazada. Descubrió sin
sombra de duda cuál era el deseo de su corazón.
Quería el violín de Patrick para su padre.

—¡No!
Era mucho más tarde, y Patrick ya había partido
con las mulas.
—No —les repitió Clara a Josefina y Francisca.
Estaban sentadas sobre la cama de las dos primeras
en el dormitorio que las tres compartían. Pero
ninguna parecía próxima al sueño: estaban
discutiendo acaloradamente.
—No lo haré —agregó Clara con rotundidad—.
No es de razón.
Josefina y Francisca la miraban desesperadas:
—¡Por Dios, Clara! —imploraba Francisca, que había
aprobado sin titubear el plan de Josefina—. El violín
de Patrick vale a lo *menos* tres frazadas, o sea que
precisamos la tuya; hemos de sacrificarnos todas.
—¿Y qué pasa con la frazada de Ana?
—preguntó Clara.
—No podemos tomarla sin su
permiso —dijo Josefina—, y además

tía Dolores piensa cambiarla por botas para los chiquitos.

—Yo también quiero cambiar mi frazada por algo provechoso —dijo Clara—. Lo de ustedes es distinto: tú quieres ese ridículo ranchito, y Francisca un espejo, no más un capricho. Yo quiero agujas de tejer y cosas útiles.

—Cuando volvamos a casa te daré todas mis agujas —dijo Francisca para convencerla—. Están como nuevas.

—Porque nunca las usas —replicó Clara—. Y aparte puedo obtener mucho más que agujas. Los americanos pagan sobrado por las frazadas.

Josefina intervino cuando Francisca se disponía a levantar la voz: —¿No viste cuán contento estaba papá tocando el violín? —le preguntó a Clara—. Hemos de conseguirlo cueste lo que cueste.

—Sea como fuere, el señor Patrick rehusará a buen seguro —dijo Clara obstinadamente.

Pero Josefina también podía ser terca: —Nada se pierde por intentarlo —dijo mirando fijamente a su hermana—. Y ten por cierto que no es sólo la alegría de papá. ¿Acaso no reparaste en lo mucho que agradó la música a tía Dolores? Ella ha sido muy rebuena con nosotras. ¿No te parece que estamos en deuda, que hemos de complacerla cuanto podamos? Piensa en lo dichosa que sería si papá la acompañase con el violín cuando ella toca el piano.

Clara gimió antes de desplomarse boca abajo sobre la cama, pero Josefina sabía que sólo estaba fingiendo enojo: —¡Sea! —dijo Clara—. Lo haré, y que Dios me perdone este disparate.

Francisca y Josefina se sonrieron triunfantes. Sabían que Clara no iba a desaprovechar una oportunidad de hacer felices a su padre y a su tía.

A la tarde siguiente, Dolores y las tres hermanas se encaminaron a la plaza bajo los cálidos rayos de un sol esplendoroso que tostaba los aromáticos piñones. Con ellas iba un criado, pues no hubiera sido prudente que unas damas anduvieran sin la

piñón protección de un hombre mientras la caravana estaba en la villa. El criado se quedó con las muchachas cuando Dolores entró en una tienda a cambiar por botas la frazada de Ana.

Patrick se presentó enseguida a saludarlas.

Clara estrechaba la frazada contra su pecho a pesar del agobiante calor, pero la entregó sin una queja cuando sus hermanas pusieron las suyas en manos del joven.

—Son hermosas y mucho valen —dijo Patrick—, ¿mas por qué me las dan?

Josefina respiró hondo: —Nos preguntábamos si usted consideraría tomarlas a cambio... a cambio de su violín —dijo de un tirón. Aunque ésas fueron sus únicas palabras, otra voz rogaba en su interior: *Haz, Señor, que el señor Patrick acepte.*

El joven parecía asombrado: —Pensaba que quería el ranchito —le dijo a Josefina—. Y usted, Francisca, me mentó que quería un espejo, y usted, Clara, que quería unas agujas de tejer. Pueden cambiar ésas y otras cosas por sus frazadas.

—*Todas* deseamos el violín por encima de todo —dijo Josefina categóricamente—. Es para papá.

—¡Ah! —Patrick contempló unos segundos las frazadas y acariciándolas añadió por fin—: Su señor padre es muy afortunado de tener unas hijas tan cariñosas; cambiar mi violín por frazadas que han tejido muchachas tan cumplidas como ustedes será un honor para mí.

—Gracias, señor Patrick —dijo Josefina con una franca sonrisa.

Patrick también sonrió: —Soy yo quien ha de agradecerlo —dijo—; la verdad es que se me hacía harto incómodo dormir sobre ese violín —Josefina se rió y entonces Patrick agregó—: Mañana en la tarde nos encontraremos aquí a la misma hora; vendré con el violín.

—¡Aquí estaremos sin falta! —aseguraron Josefina y Francisca.

Cuando Patrick se alejó con las frazadas, Clara murmuró recelosa: —Espero que sea digno de nuestra confianza.

—¡Por supuesto que lo es! —exclamó vigorosamente Francisca—. ¿No se ha fiado papá de él con las mulas?

Clara no pudo replicar porque en ese momento reapareció Dolores: —¿Qué ha sido de sus frazadas? —preguntó.

—No se disguste —dijo Francisca—, mas ya las hemos cambiado.

—Bien está —dijo Dolores—. ¿Y a cambio de qué?

—Esto... nosotras... —trató de decir Josefina antes de rendirse con una sonrisa—. Lo cierto es que no podemos contárselo —explicó—. Mañana lo verá.

—¡Qué lindo! —exclamó Dolores riendo—. O sea que me van a dar una sorpresa.

—¡Y vaya sorpresa! —dijo Clara suspirando.

Pero Josefina sabía que Clara estaba tan enardecida como ella o Francisca. Ocultar su propio entusiasmo resultaba más bien difícil. Todos sus pensamientos galopaban hacia el día siguiente. ¡Con *cuánta* ilusión aguardaba el momento de recoger el violín! ¡Quién pudiera hacer que las horas volaran hasta el encuentro con Patrick!

Aunque llovía a cántaros, las tres hermanas acudieron a la plaza la tarde siguiente acompañadas por un criado. Con los rebozos sobre sus cabezas y encorvadas de espaldas al aguacero, se pusieron a esperar en el lugar indicado por Patrick. Esperaron horas y horas. Cuando la campana de San Miguel llamó a la oración de las seis, sus faldas estaban empapadas y sus zapatos chorreando. Era evidente que el criado lamentaba su ingrata misión y sólo pensaba en regresar al seco calor del hogar. Josefina no podía culparlo por ello. Una ráfaga de viento y lluvia golpeó su rostro dejándolo bañado como si hubiera estado llorando.

—¿Qué hacemos? —preguntó Francisca; un mechón de su hermoso cabello se aplastaba pegado a su mejilla.

—Vámonos a *casa* —dijo Clara tiritando—. Llevamos tres horas y el señor Patrick ni ha venido ni va a venir, y no hay más que hablar.

—Acaso se ha olvidado o tal vez no entendimos —dijo Josefina—; acaso debíamos venir mañana...

—¡Acaso! —exclamó Clara—. Tú puedes *acasear* cuanto quieras, pero yo me vuelvo ahora mismo. La abuela ha de estar preocupadísima.

—¡Aguarda! —gritó Josefina al divisar a un hombre que ella sabía que era amigo de Patrick. Armándose de valor, corrió hacia él seguida a poca distancia por sus hermanas—. Disculpe, señor —le dijo—, ¿podría usted decirme dónde está el señor Patrick O'Toole?

—¿Patrick O'Toole? —preguntó el hombre—. Se ha marchado.

A Josefina le dio un vuelco el corazón: —Si... si tenía que encontrarse aquí con nosotras —balbuceó—. Ha de haber un error.

—O'Toole es explorador, y el capitán de la caravana ordenó anoche a los exploradores que salieran por el Camino Real; a estas horas estarán ya lejos —dijo el hombre encogiéndose de hombros; después se despidió con un brusco movimiento de cabeza y se alejó en la lluvia.

Paralizada por el desconcierto y la tristeza, Josefina fue incapaz de hablar. *Se ha marchado.* Aquellas palabras resonaban en su interior como si estuviera en una fría y cruel pesadilla.

Francisca también callaba, pero Clara tenía mucho que decir: —Sabía que no podíamos confiar en ese Patrick —estalló con furia—. ¿Y saben lo que esto significa? ¿Lo saben, no? Si ese Patrick nos ha estafado, asimismo ha podido estafar a papá. Nosotras hemos perdido las frazadas, pero a papá seguramente lo ha despojado de todas sus mulas. Ahora hemos de ir a comunicárselo.

—¡Basta ya, Clara! —exclamó la agotada Francisca, rodeando con sus brazos los hombros de Josefina—. Vámonos de una vez.

Las muchachas avanzaron penosamente entre torbellinos de agua empujada por el viento. Josefina, sin embargo, apenas lo notaba. Sólo podía pensar en Patrick. Trataba de aferrarse con toda su alma a la confianza que había depositado en él, pero parecía indudable que Clara estaba en lo cierto, que Patrick los había engañado a todos.

Al pasar junto al vendedor de juguetes, Josefina volvió la vista bajo su empapado rebozo: el ranchito había desaparecido. *Qué más da,* pensó con tristeza, *de todos modos tampoco tengo nada que cambiar.* Pero ese desengaño era insignificante comparado con lo que Patrick parecía haber hecho. *¿Cómo ha sido capaz de traicionarnos ansina?,* pensaba Josefina.

LA LUZ DE LA ESPERANZA

El señor Montoya y don Felipe habían salido a cambiar frazadas por herramientas y no regresaron hasta la hora de cenar. No bien cruzaban la puerta cuando Clara corrió hacia su padre diciendo: —Ha sucedido algo espantoso: el señor Patrick se ha marchado.

—¿Que se ha marchado? —repitió don Felipe, atónito—. ¡Válgame Dios! Pero si no le ha pagado a tu padre el resto de la plata adeudada. Ese jovencito nos prometió que...

—Las promesas del señor Patrick no valen nada —interrumpió Clara, impetuosamente—. Ayer, Francisca, Josefina y yo le dimos nuestras frazadas. Nos prometió que hoy se encontraría con nosotras y nos entregaría algo a cambio de ellas. Pero se ha ido con nuestras frazadas. ¡Nos ha robado! ¡Nos ha estafado! Y estoy cierta de que también lo ha estafado a usted, papá —añadió, mirando a su padre.

—Sabía que era gran desatino confiar en ese americano —intervino la abuela—. Con sus chanzas, sus halagos y sus canciones nos ha engatusado como a necios. No lo conocíamos de nada. Si vas ahora mismo para Santa Fe —dijo, volviéndose al señor Montoya—, tal vez estés a tiempo de recobrar tus mulas.

Una mirada seria y preocupada apareció en el rostro del señor Montoya.

La tía Dolores habló entonces con prudencia:

—Es aún posible que haya habido un malentendido. Si demandas tus mulas, estarás acusando al señor Patrick de no ser honrado; si yerras, lo infamarás a él y a ti mismo. Arruinarás su nombre tanto como el tuyo.

—En efecto —dijo el abuelo—. Los demás americanos no querrán mercar contigo y nada obtendrás por tus mulas este año; más vale comprobar...

—¿Comprobar? —interrumpió la abuela—.
¿Cuántas pruebas son menester? —le preguntó al
señor Montoya—. Ha estafado a tus hijas, y si ha
llegado a eso puedes dar por seguro que también a ti
te ha robado. Ve sin demora; recupera tus mulas
antes de que partan los americanos y sea demasiado
tarde.

El señor Montoya era un hombre reflexivo que
nunca se precipitaba en sus decisiones. Tras meditar
unos instantes, habló con voz amarga y cansada:

—Parece pues que he errado dando crédito al
joven O'Toole. Quien miente a mis hijas no es digno
de confianza. No quiero mermar la ocasión de
mercar con los otros americanos, pero tampoco
puedo arriesgar veinte buenas mulas. Debo hacer
cuanto esté en mi mano para recobrarlas.

—Sí, ve... —intentó decir la abuela.

Pero el señor Montoya la interrumpió alzando la
mano: —De nada valdría ahora; sería imposible
hallar las mulas en la oscuridad. Saldré al rayar el
alba.

La abuela se mordió los labios con una mueca de
inquietud y no dijo nada más. Las palabras sobraban,
y todos se acostaron en cuanto terminó la cena.

Josefina se sentía demasiado abrumada para dormir. Durante horas permaneció despierta mirando hacia el estrecho ventanuco de su cuarto. Dándose finalmente por vencida, decidió vestirse y salir en silencio hacia la cumbre de la loma que dominaba la casa.

La lluvia había limpiado el aire y la luna llena alumbraba la noche con fulgores de esperanza. De pronto, Josefina atisbó el movimiento de una sombra: —¿Señor Patrick? —murmuró, albergando la absurda idea de que el joven acudía en su busca.

Pero no, era sólo una vieja tortuga que avanzaba laboriosamente por el suelo arenoso. La niña suspiró observando cómo el animal se detenía junto a un piñón. La tierra tenía en ese lugar un extraño color blanco. Josefina volvió a mirar: no era la tierra sino un trozo de papel que alguien había dejado allí. Cuando se agachó para examinarlo quedó boquiabierta. *¡Sobre el papel estaba la turquesa de Patrick!*

Con manos temblorosas recogió la turquesa, tomó el papel y lo desplegó cuidadosamente, sabiendo que Patrick lo había dejado para ella.

Estaba mojado por la lluvia y la tinta se había
corrido de tal modo que el dibujo resultaba casi
indescifrable. Sosteniéndolo a la luz de la luna, sin
embargo, Josefina pudo distinguir borrosamente una
iglesia. ¿Pero cuál? Había cinco en Santa Fe.

¿Era otra broma de Patrick? Josefina miró otra
vez la turquesa y recordó la graciosa ocurrencia del
cachito de cielo que se había desprendido cuando el
joven estaba en, ¡en el campanario de San Miguel! La
niña contuvo la respiración. El corazón le palpitaba.
¡Claro! Patrick había dejado la turquesa sobre el
papel para indicar que el dibujo representaba la

capilla de San Miguel. ¡Allí estaba el violín! Josefina apretó la turquesa con el puño cerrado. *Perdóneme, señor Patrick, por haber desconfiado de usted,* pensaba.

Josefina corrió loma abajo dando tropezones y resbalando sobre la húmeda ladera. Atravesó el patio a toda prisa e irrumpió en el dormitorio que compartía con Francisca y Clara: —Despiértense, despiértense —les susurró sacudiéndolas por los hombros—. ¡El señor Patrick no nos ha mentido! ¡Dejó esto para decirme dónde está el violín —exclamó agitando el dibujo cuando sus hermanas abrieron los ojos. Después continuó, casi sin aliento—: Está en la capilla de San Miguel.

—Muéstramelo —Francisca prendió una vela y agarró el dibujo.

Clara estaba perpleja: —¿Pero cómo...? —intentó preguntar.

—El señor Patrick puso el violín en la capilla de San Miguel porque sabía que allí estaría seguro —explicó Josefina—. Tuvo que marcharse de Santa Fe en medio de la noche y no podía traerlo aquí despertando a toda la casa; tampoco podía dejarlo en lo alto de la loma porque la lluvia lo habría dañado, ni podía mandarnos una nota porque no sabe escribir en español y nosotros no leemos el inglés; asín que me dejó la turquesa con el dibujo confiando en que yo entendería su mensaje —Josefina le quitó el papel a Francisca—. Con esta prueba papá verá que don Patrick es honrado y no tendrá que deshacer el trato.

—No molestes a papá —dijo Clara—. Ese papelajo no prueba nada; sólo el violín demostraría que el señor Patrick no nos ha engañado.

—Entonces he de ir a *buscarlo*, ¿no? Me marcho ahora —dijo Josefina.

Clara estaba horrorizada: —¡Josefina! No puedes ir sola a estas horas de la noche. Es muy peligroso. Los de la caravana andan borrachos por Santa Fe jugando en los garitos, riñendo y disparando sus armas. No debes ir.

—No sola —dijo Francisca, levantándose—. Yo iré con ella.

—Cuánto te lo agradezco —dijo Josefina—. Hay que apurarse, pues amanecerá en pocas horas y hemos de traer el violín antes de que papá salga por las mulas. Prométenos que no le avisarás a nadie de que nos hemos marchado —agregó dirigiéndose a Clara.

—Prometido, y rezaré por ustedes —dijo
Clara—, pero ustedes han de prometerme que serán
juiciosas. ¡Ojalá hubiese cambiado mi frazada por
esas agujas! —se lamentó suspirando.

Josefina y Francisca salieron del cuarto, cruzaron
el patio con sigilo y se deslizaron por el portón
delantero. Luego bordearon furtivamente el muro
exterior, corrieron como flechas hasta el huerto y se
acurrucaron tras la empalizada para recobrar el
aliento.

Pasado un instante, Francisca tocó el hombro de
Josefina y señaló el camino. Su hermana asintió. Las
dos muchachas se irguieron de un brinco y se
lanzaron camino abajo. Josefina llevaba un farol que
le golpeaba la pierna a cada paso; el brazo que lo
cargaba empezó a dolerle enseguida. Tenía un nudo
en el estómago y el pecho le ardía por falta de aire.
Pero siguió adelante, con Francisca siempre a su
lado.

Las luces de puertas y ventanas no tardaron en
salpicar el camino. Las muchachas oían estallidos de
música, palmoteos y el estruendoso zapateo que

brotaba de fandangos y fiestas.

—Hemos de orillar la plaza, está llena de gente

—murmuró Josefina cuando las dos se escurrían por una angosta callejuela.

Francisca asintió: —Vayamos... —consiguió decir antes de que resonaran unas voces.

Un grupo de hombres se bamboleaba hacia ellas cantando, riendo y dando voces.

Las dos hermanas se ocultaron de inmediato en la entrada de una casa y contuvieron la respiración pegadas a la puerta. El corazón de Josefina retumbaba de tal manera que la niña temió ser descubierta por aquellos hombres. Pero los alborotadores pasaron de largo tambaleándose. Sus voces resonaron por el callejón y luego se fueron apagando a medida que se alejaban. Cuando le pareció que ya se habían ido, Josefina elevó el farol y se asomó cautelosamente por si alguien más venía. No viendo a nadie, le indicó a su hermana que la siguiera.

¿Nadie? Apenas pisaron la calle se escuchó la voz bronca y pavorosa de un hombre gigantesco que apareció de pronto entre las sombras: —¡Mira qué

—¡Mira qué par de señoritas tenemos aquí! —rugió.

par de señoritas tenemos aquí! —rugió.

El temible sujeto trató de acercarse, pero una oportuna zancadilla de Josefina lo derribó estrepitosamente. La niña agarró a su hermana de la mano y ambas huyeron a todo correr sin importarles adónde con tal que fuera *lejos* de allí. Como aves nocturnas saltaron de sombra en sombra, esquivando el centro de la villa, sin detenerse.

Cuando Josefina creía estar a punto de desfallecer, la capilla de San Miguel se perfiló al claro de luna contra el negro cielo de la noche. Las dos volaron escaleras arriba. Josefina agarró con ambas manos el tirador de una gran puerta y jaló con todas sus fuerzas hasta que ésta se abrió crujiendo lentamente. Las jadeantes muchachas corrieron adentro y avanzaron estremecidas por la helada ermita.

La oscuridad resultaba al principio más intensa que en el exterior, y el farol sólo proyectaba un pequeño disco de luz a los pies de Josefina. Pero cuando sus ojos se adaptaron a la penumbra, la niña distinguió frente al altar unas cuantas velas prendidas que la gente había

dejado a manera de plegarias. Relampagueaban
como estrellas caídas del cielo. Las dos hermanas se
aproximaron con precaución.

Una súbita oleada de felicidad desbordó el
corazón de Josefina: allí, arrimado a la pared, bien
seguro a la vera de un altarcito, estaba el estuche.
¡Que Dios lo bendiga, señor Patrick!, pensó Josefina,
tomando a Francisca de la mano y arrastrándola
hacia el violín: —¡Mira! —exclamó.

Patrick había incluso atado una cinta en torno al
estuche. Josefina se arrodilló: —Se me hace que el
señor Patrick sabía que vendrías conmigo —dijo
con gesto burlón al ver junto al violín el espejo
que Francisca quería obtener por su frazada.

Una bella sonrisa se dibujó en la cara de
Francisca: —Pues también ha dejado algo
para ti —dijo, alargando una cajita a Josefina.

La niña miró en su interior y lo primero
que vio fue el simpático cerdito rosado. ¡Era el
ranchito de juguete! Ahí estaban todas las piezas
perfectamente colocadas. *Gracias, señor Patrick,* pensó
acariciando la casa, *prometo acordarme de
usted cada vez que juegue con él.*

—Hemos de irnos —dijo Francisca.

56

Las dos se alzaron. Cuando Josefina recogió el violín, algo inesperado le rozó la mano. Al voltear el estuche descubrió unas agujas de tejer que Patrick había anudado a la cinta, para Clara.

Josefina y Francisca se miraron sonriendo, pero no había tiempo que perder. Cuando salieron, una tenue raya gris anunciaba el amanecer sobre las montañas. El señor Montoya seguramente estaría ya despierto y preparándose para salir. Josefina y Francisca debían apresurarse. ¡Tenían que detenerlo!

A pesar del cansancio, emprendieron la rápida marcha sacando fuerzas de flaqueza. El camino nunca les había parecido tan largo. Cuando por fin corrían hacia la casa del abuelo, vieron que llegaban justo a tiempo. El señor Montoya estaba junto a Dolores con el caballo ensillado y a punto de montar.

Josefina no vaciló y, sosteniendo el violín, se arrojó hacia su padre: —Mire, papá —dijo sin aliento—, es el violín de don Patrick, lo que feriamos por las frazadas. No nos ha engañado, dejó el violín en la ermita. No marche pues, no reclame sus mulas porque el señor Patrick es hombre de bien, ¡esto lo prueba! —exclamó poniendo el violín en las manos de su padre—. Si cumplió su palabra con nosotras, también la cumplirá con usted.

El atónito señor Montoya contempló el violín y luego a sus hijas.

La tía Dolores fue la primera en reaccionar: —¿Me están diciendo que ustedes dos... que ustedes dos —repitió incrédula, como si el resto de la pregunta fuera inconcebible— han ido a Santa Fe en plena noche para hacerse con este violín?

Josefina y Francisca asintieron: —Lo lamentamos mucho —dijo la primera.

—Pero teníamos que probarle a papá la honradez del señor Patrick —agregó Francisca.

Todas miraron al señor Montoya: —Estoy agradecido, pues me han librado de cometer un grave error —dijo con su voz grave y apacible—. Ahora sé de cierto que el señor Patrick me remitirá la plata comprometida por las mulas. Vayan adentro —añadió tras una pausa—, que su abuela les va a echar un buen sermón cuando sepa lo ocurrido, y yo...

Las niñas agacharon la cabeza conscientes de que merecían la reprimenda, pero su padre se limitó a decir: —Yo le pediré a un criado que me desapareje el caballo; después de todo parece que no habré de ir a la villa esta mañana.

Josefina y Francisca se miraron. ¿Acaso su padre no pensaba regañarlas más? Pero se volvieron en dirección a la casa sin esperar a averiguarlo.

—¡Aguarden! No olviden esto —dijo el señor Montoya alcanzándole el violín a Josefina.

—El violín no es para nosotras, papá, sino para usted —dijo Josefina.

—¿Para mí? —preguntó su padre —¿Y cómo ansina?

—Pues porque usted y tía Dolores se deleitaron tanto con él —dijo Josefina.

El señor Montoya miró a Dolores, y Josefina creyó ver una *chispa* de sonrisa cruzarse entre ellos.

Un amigo de Patrick llevó esa tarde la plata que faltaba. Josefina y Francisca sólo pudieron echarle un rápido vistazo cuando se despedía tras la cena, pues pasaron el día encerradas en su cuarto como castigo por la escapada a Santa Fe. Su abuela les dijo que rezaran para conseguir el perdón de Dios y de toda su familia, pero como después las abrazó cariñosamente, Josefina pensó que no estaba *demasiado* enojada.

Clara estaba tan contenta con sus agujas nuevas que decidió pasar el día tejiendo en compañía de sus hermanas. Francisca las entretuvo haciendo que la luz del sol reflejada en su espejo danzara sobre la paredes y les revoloteara por las faldas como un pajarillo dorado. Josefina dedicó el tiempo a jugar tranquilamente con su ranchito. Agotada por tantas aventuras, se acostó temprano y se entregó a un profundo y relajado sueño.

Algo la despertó a media noche. No era la luna, pues el cielo estaba nublado. Josefina se levantó y abrió la puerta para sentir el fresco aire de la noche en sus mejillas. Un sonido leve vagaba empujado por la brisa. La niña tuvo que contener el aliento para oírlo. ¿Qué era aquello? No estaba segura de poder reconocerlo, pero al fin se dio cuenta y sonrió. Su padre, con infinita delicadeza, tocaba una antigua canción española en el violín.

La brisa barrió las nubes y la luna inundó repentinamente el patio. Josefina se dio cuenta entonces de que no estaba sola escuchando a su padre. Parada en la puerta de su habitación, tarareando la melodía que tocaba el señor Montoya, estaba la tía Dolores.

En
el año
1824

UN VISTAZO
AL PASADO

En el alto y escarpado desierto de Nuevo México crecen hierbas y árboles pequeños y robustos.

Hacia 1820, el paisaje de Nuevo México era tan áspero y bello como hoy en día. Arbustos del desierto y recios piñones moteaban las áridas y rojizas lomas que desde la casa de Josefina se extendían a lo largo de muchas millas en todas las direcciones. Al este surgían montañas cubiertas de pinos y coronadas de nieve durante meses. En primavera, la nieve fundida corría laderas abajo regando las sedientas tierras del valle. Esos torrentes de preciada agua permitían cultivar los campos tanto a indios como a colonos españoles.

El aire era tan seco y transparente que la vista de

Josefina podía abarcar más de cincuenta millas y el oído percibir lejanísimos sonidos en la quietud del desierto. El cielo, casi siempre despejado, era de un azul intenso, aunque en las tardes de fines de verano se formaban enormes nubarrones sobre las montañas. A veces caían aguaceros, pero por lo general la lluvia se evaporaba antes de alcanzar el suelo. De noche, el vasto cielo brillaba repleto de estrellas.

En tiempos de Josefina, los habitantes de Nuevo México pasaban gran parte del día al aire libre. Casi todos eran labradores o ganaderos, lo que suponía largas horas cuidando rebaños, huertos y sembrados. Las mujeres horneaban el pan, lavaban la ropa y realizaban otras tareas domésticas también al aire libre.

Las mujeres usaban unas prendas llamadas rebozos para protegerse la cara del sol y el viento cuando trabajaban al aire libre.

Los pueblos y aldeas de Nuevo México se construían en torno a una gran plaza donde la gente se reunía para platicar, negociar tratos o trabajar. Allí se celebraban todo tipo de festejos y ceremonias públicas, desde las procesiones religiosas hasta los banquetes comunales. De cuando en cuando se representaban obras de teatro o actuaban músicos,

Procesión celebrada en la plaza de Santa Fe a finales del siglo pasado. Casi todas las ceremonias públicas tenían lugar en las plazas de los pueblos.

Las plazas de las grandes poblaciones mexicanas eran bulliciosos mercados adonde la gente acudía para comprar, vender o cambiar toda clase de artículos.

poetas y actores locales.

Los viajes eran entonces difíciles y peligrosos, de modo que nadie viajaba por placer, aunque sí por otros motivos. Familias enteras recorrían largas distancias a caballo o en carro para visitar a parientes, especialmente cuando se celebraban bodas o eventos similares. Esas visitas duraban días y eran motivo de gran regocijo.

El comercio también obligaba a viajar. Familias como los Montoya se trasladaban una o dos veces al año a los mercados y ferias de las grandes poblaciones para cambiar lana, telas, animales, granos u hortalizas por productos que no podían hacer o cultivar ellas mismas. Pero tan importante como la adquisición de esos artículos era la oportunidad de encontrar a viejos amigos o de conocer las últimas noticias.

Santa Fe era el lugar de Nuevo México que más interés podía despertar en

Las estrechas calles de Santa Fe, la capital de Nuevo México, eran un hervidero de gente y actividad.

una niña como Josefina. Aunque era pequeña en comparación con las ciudades actuales, se trataba entonces de la población más grande en cientos de millas a la redonda, y su plaza era el principal mercado de todo Nuevo México.

El espectáculo de la plaza deslumbraba a los que la veían por primera vez con su fascinante variedad de objetos y gentes. Los mercaderes locales ofrecían elegantes vestidos, cintas, especias, joyas, espejos, zapatos, libros, azúcar morena y muchas más cosas. Los indios pueblo de la vecindad acudían a vender cerámica, frazadas, canastos, chiles y otros alimentos. Los indios de tribus lejanas, como los comanches o los apaches, comerciaban con cueros y pieles de bisonte. De vez en cuando se presentaba algún trampero francés cargando valiosas pieles de castor.

Pero hacia 1824 ya habían aparecido unos nuevos comerciantes en imponentes caravanas: los americanos, que transportaban productos desde Estados

En Santa Fe podían adquirirse productos de todo el mundo, desde exquisitas vasijas y zapatos mexicanos (arriba), hasta cacharros y cestos indios (centro) o botellas de cristal y tocas de mujer estadounidenses (abajo).

*ampero francés.
ontañeses de fiero
·vecto bajaban a Santa
de vez en cuando para
·merciar con pieles.*

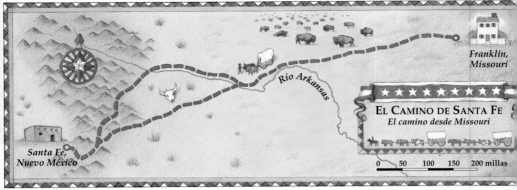

EL CAMINO DE SANTA FE
El camino desde Missouri

Río Arkansas

0   50   100   150   200 millas

*Las caravanas americanas abrieron el Camino de Santa Fe en 1821, cuando
Josefina era una niña. La ruta pasaba por lo que son hoy los estados de
Missouri, Kansas, Colorado y Nuevo México.*

Unidos. Imagínate la algarabía de idiomas que rodeaba a
Josefina en aquella plaza. ¡Nada menos que español,
francés, comanche, apache, lenguas pueblo e inglés!

El comercio estadounidense en Santa Fe se inició en
el otoño de 1821, poco después de que México
conquistara su independencia de España y se autorizara
la entrada de productos extranjeros a Nuevo México.
Cada verano llegaban más y más
norteamericanos con sus carretas
de mercancías. La difícil ruta
que recorrían acabó
siendo conocida como el
Camino de Santa Fe. Partía
de Missouri y atravesaba
más de 800 millas de
llanuras resecas y
formidables montañas.
Desde Santa Fe, la

*Caravana norteamericana en el Camino de
Santa Fe. El peligroso viaje de Missouri a
Nuevo México podía durar más de tres meses.*

Los comerciantes norteamericanos descargaban sus carromatos en la aduana de Santa Fe, donde pagaban elevados impuestos por sus mercancías.

caravana con frecuencia proseguía por el Camino Real para comerciar en las grandes ciudades mexicanas situadas al sur. Al igual que Patrick, algunos norteamericanos aprendían español para facilitar sus negocios en Nuevo México.

Algunos nuevomexicanos desconfiaban de aquellos extraños, pero otros los recibían con los brazos abiertos. Los artículos estadounidenses eran más baratos que los transportados desde México. La ropa de percal, los tejidos o zapatos fabricados industrialmente y otras novedades importadas se hicieron enseguida muy populares. A cambio de esos productos los americanos obtenían mulas, frazadas de lana hechas a mano y monedas españolas de oro o plata.

La llegada de la caravana a Santa Fe era un acontecimiento de gran resonancia. La gente abarrotaba las calles gritando ¡Los americanos, los americanos! En la plaza ondeaban banderolas al viento, y la multitud se entretenía con funciones de teatro o marionetas. Al anochecer, los comerciantes abandonaban los campamentos levantados en las afueras de la villa para entregarse al baile y al juego en las tabernas, donde no era raro que estallaran violentas peleas. Ninguna joven decente salía entonces a la calle si no iba acompañada por un hombre de su familia o por un criado. ¡Josefina y Francisca fueron tan desobedientes como atrevidas aventurándose solas en plena noche!

Este grabado de 1825 representa a varios norteamericanos participando en un fandango. Los comerciantes que iban a Santa Fe eran muy aficionados a los juegos de azar y a los bailes de Nuevo México.